AF448856

माधुर्य

बिमल

First published in 2021 by
BecomeShakespeare.com

One Point Six Technologies Pvt Ltd,
Office No. 119-123, 1st Floor,
Building J2, B - Wing,
WadalaTruck Terminal, Wadala East, Mumbai,
Maharashtra, India, 400022.
T: +91 8080226699

Copyrights © by Bimal

All rights reserved. Any unauthorized reprint or use of this material is prohibited. No part of this book may be reproduced or transmitted in any form or by any means, electronic or mechanical, including photocopying, recording, or by any information storage and retrieval system without express written permission from the author/publisher.

Please do not participate in or encourage piracy of copyrighted materials in violation of the author's rights. Purchase only authorized editions.

©

ISBN -978-93-90543-90-8

समर्पित (Dedication)

यह किताब मैं अपने परिवार मित्रों और पाठकों को समर्पित करता हूँ।

यह अनुभव मेरे लिए किसी सपने से कम नहीं है और यह कहना ग़लत नहीं होगा कि सभी के प्रोत्साहन के बग़ैर यह पल मेरे लिए शायद संभव नहीं था।

ज़िन्दगी को सभी के प्यार ने सींचा है
माधुर्य उन्हीं फूलों का बगीचा है

And, Thank you Divya for your timely assistance and corrections.

प्रेरणा (Inspiration)

कविता लिखना मेरे लिए शौंक की तरह शुरू हुआ था लेकिन अब यह मेरा घनिष्ट मित्र हो गया है। यह शायद मुझे सबसे करीब से जानता है और हम काफ़ी वक़्त साथ बिताना पसंद करते हैं। मैं जो कुछ भी देखता हूँ, जो मेरे अनुभव रहे हैं और जो मैं महसूस करता हूँ यह उन सभी को मेरे लिए खूबसूरती से शब्दों में पिरोता है।

लिखने की प्रेरणा मुझे अपने इर्द गिर्द के हालात, मेरे अपने अनुभव से मिली जो मैं या फिर मेरे जैसे अन्य लोग या तो जीते हैं या फिर झेलते हैं। कविता मेरे लिए किसी आशीर्वाद से कम भी नहीं है क्यूंकि ज़िन्दगी का जो शायद सबसे व्यथित करने वाला पल होता है वह मेरे लिए एक कविता की प्रेरणा बन जाता है और लिखने पढ़ने के बाद मेरी मुस्कराहट का सबब भी।

मैं उम्मीद करता हूँ मेरी कविताएं आप सभी को पसंद आएँगी, मुझे आपका आशीर्वाद भी मिलेगा, में यूँ ही आगे भी लिखता रहूँ और आपसे रूबरू होता रहूँ यही मेरा उद्देश्य भी है और प्रेरणा भी।

कवि (Poet)

बिमल

बिमल का जन्म मुंबई में हुआ, इनकी शिक्षा कॉमर्स में हुई और पेशे से आप बैंक में कार्यरत हैं।

कविता लिखना आपका शौक़ है। बिमल की कविताएँ कभी अख़बारों में और कभी आकाशवाणी पर सुनने को मिल जाती हैं। आपकी कुछ कविताएँ काफ़ी पसंद की गयी हैं जैसे पानी क़िस्मत और डर।

"इस से अधिक फ़िलहाल के लिए मेरा कोई ख़ास परिचय नहीं है, मैं चाहता हूँ अपने विचार आप सभी प्रियजनों तक एक आम नागरिक बन कर पहुंचाऊं"।

Instagram - @bimalthepoet,

Twitter/Koo - @bimalthepoet,

Website www.bimleshsharma.com

E-mail - bimalthepoet@gmail.com (mailto:bimalthepoet@gmail.com)

bimal@bimleshsharma.com (mailto:bimal@bimleshsharma.com)

CONTENT

गंगा घाट

रंग

अंबर

डर

नज़र

नींद पूरी नहीं होती

बदलता वक़्त

ज़िन्दगी से प्यार और मौत का ख़ौफ

आम आदमी

मीडिया

धुंध की चादर

आओ कुछ पल साथ बिताएँ,

किस्मत

खुदा से सवाल

समझदार जवानी

शेयर मार्केट

कागा

'मौके की नजाकत'

वक़्त

शून्य

पर्यावरण

बस एक कदम और चलना है
अमन का रंग
छत की लागत
बीता हुआ पल
शहर का नया त्यौहार
शिक्षा व्यवस्था का बुरा हाल
मेहनत की पतवार
यह कैसा दौर आया है
शायद यह शहर सो गया है,
हर घर कुछ कहता है
ज़िन्दगी ऐसी कुछ खास गुज़री नहीं,
घड़ी के हाथ
तूफ़ान
कवि रोग
खिलौना
खुशी
फूल
पानी

गंगा घाट

गंगा का घाट जीवन दर्शन सिखाता है,
मुंडन से दाहसंस्कार का सफर,
चलते चलते यहीं तय हो जाता है,

ज़िन्दगी से मौत के सफर में,
चंद कदमों का फासला हैं,
वास्तविक जीवन का यही फ़लसफ़ा है,

माई ज़िन्दगी से थके मुसाफिर,
तेरी आगोश में सोना चाहते हैं,

तेरे दर पर मृत्यु से घबराने वाले भी,
मुस्कुराकर मृत्यु को गले लगाते हैं,

तेरी धार से बहता वह अमृत,
मेरी प्यास बुझाता है,

मेरे दुष्कर्मो के बोझ को,
हल्का महसूस कराता है,

यह समां कितना रूहानी है,
गंगाधर बैठे हैं शिवालय में,
और आगे बहता तेरा निर्मल पानी है,

सांझ का दिव्य दृश्य श्रद्धा भाव जागाते हैं,
जब घाट पे श्रद्धालु दीप वंदना में
तेरे आगे नत मस्तक हो जाते हैं।

तेरी कोख में असंख्य जीव पलते हैं,
तेरी आशीर्वाद से हजारो परिवार चलते हैं,

माई, तू सनातन सभ्यता की जीवन ज्योति है,
और नादाँ समझते हैं, तू सिर्फ इनके पाप धोती है।

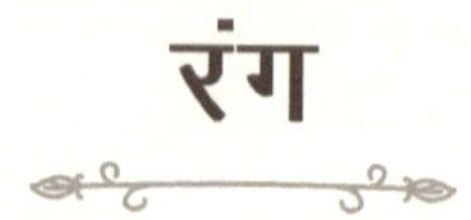

रंग

सुनो तो रंग, ईश्वर की जुबाँ है,
देखो तो प्रकृति का सौंदर्य है,
सोचो तो उपहार है रचयिता का,
लिखो तो प्रारूप है कविता का,

समस्त ब्रहमाण्ड मे, यह रंग छाया है,
ग्रहों से सूर्य तक, सबको आकर्षक बनाया है,

मुरलीधर के मुरली से छायी फ़िज़ा में जो धुन है,
वह रंग ही तो है,
माँ वसुधा का शृंगार, जिससे सुन्दर पर्यावरण है,
वह रंग ही तो है,

रंग से लोगों की ज़िन्दगी रंगीन है,
और रंगीन किसी के मिज़ाज हैं,
कुदरत खूबसूरत रंगों में सराबोर है,
रंग ब्रहमा की रचना है, उसके अल्फ़ाज़ हैं,

रंग मनुष्य का भाव है
रंग जीवों का स्वभाव है,
रंग जग को निखारता है,
रंग प्रेम का अभिन्न अंग कहलाता है,

रंग सावन के इंद्रधनुष में है,
रंग प्रेम में है, हर रूप में है,
रंग चाँद की चाँदनी में है,
रंग सूर्य की धुप में है,

कोई रंगों का त्यौहार मनाते हैं,
कोई त्योहारों में रंग उड़ाते हैं,
मातम ने भी अपने लिए रंग चुने हैं,
खुशियां अनेकों रंग में डूबे हैं,

रंग हमारी बोली तक से जुड़े हैं,

किसी के ज़ख्म हरे हैं,
कोई गुस्से में लाल है,
दुल्हन के हाथ पीले हो गए,
किसी के धुप में सफ़ेद बाल है,

कोई रंग जमाता है,
कोई अपना रंग चढ़ाता है
किसी का रंग भंग हो गया,
नीली छतरी वाले की इस दुनिया को रंग रंगीन बनाता है,

अद्भुत है रंग की लीला,

यह एक रंग से कई रंग बनाता हैं
यह स्वयं में कई रंग समाता हैं,
यह ईश्वर को भी सजाता हैं,

रंग कान्हा का श्याम है,
यह महादेव का नील है,
बगैर इसके सृष्टि की कल्पना नहीं,
यह मरुस्थल में जैसे झील है।

अंबर

आज शाम ज़ेहन में फिर वही ख्याल आया है,
क्या यह अंबर ज़िन्दगी का साया है?

उसकी गहराई देख के सोच और गहरा जाती है,
वह काले नीले कत्थई श्वेत रंग,
कभी खुश कभी नाराज़ कभी आशिक़ाना,
और कभी मायूस नज़र आती है,

इस ख़ामोशी में क्या कोई राज़ छुपा है,
खुदा भी कई बातों में अक्सर खामोश रहा है,

वह नन्हे उड़ते परिंदे आवारा ख्यालों की तरह आते हैं,
एक पल दीखते हैं अगले पल कहाँ चले जाते हैं,

वह टिमटिमाते तारे खुशियों के झिलमिल पल की याद दिलाते हैं,
वह सतरंगी इंद्रधनुष उमड़ते घुमड़ते अनेक भावनाओं से मेल खाते हैं,

यह उगता सूरज रोज़ाना ज़िन्दगी की सुबह को दीप दिखाता है,
शांत चन्द्रमा सौम्यता से रोज़ गहरी नींद सुलाता है,

यह चाँदनी सपनों की भाँति चुपके से आती है,
सुबह आँखे खुली ओझल हो जाती हैं,

शायद इस कायनात की ज़िन्दगी का कालचक्र यह अंबर है,
और हम दोनों एक साथ चल रहे हैं जैसे हम हमसफर हैं।

डर

हम में से कौन है, जो इसे नहीं जानता है,
या जिसने महसूस ना किया हो?
ख़ौफ, भय, फियर इत्यादि नामो से यह जाना जाता हैं,
कौन हैं यह और हमें क्यों डराता है?

कोई प्राण त्याग देता है,
कोई प्राण ले लेता है,
कोई मनोचिकित्सक के चक्कर लगाता है,
कोई टूट जाता है,
कोई तोड़ने पर आमादा हो जाता है,

क्या यह एक अवस्था है?
अगर है तो इसकी क्या वजह है?
क्या यह बेवजह है?

क्या यह महज़ एक ख़याल है?
और है तो यह इतना क्यों विकराल है?
कौन इसे सशक्त बनाता है?
यह भी तो एक सवाल है?

क्या है इसका वजूद?
क्यों है यह हमारे पास?
हमारी ना पसंदगी के बावजूद?

यह कहाँ से आता है?
इसका इलाज क्या है?
और अगर इलाज है तो यह कहाँ चला जाता है?

क्या यह एक जैसे होते हैं?
या इसके भिन्न भिन्न प्रकार हैं?
किसी को ज़िन्दगी डर है,
किसी का डर उसका प्यार है,
किसी को इज़्ज़त का डर है,
कोई स्वास्थय के डर से लाचार है,

कोई सच और झूठ के दरमियान डरा खड़ा है,
कोई भविष्य के डर में पड़ा है,
कोई डरा है दिल में कई राज़ छुपाये,
किसी को डरा रहें हैं उसके अपने पराये,

क्या यह सिर्फ़ इंसानों को होता है?
नहीं हिरन शेर के सामने रोता है,
देवताओं ने दानव और तपस्वियों से डर के कितने ही पाप किये,
दानवों ने देवताओं से डर के कई उपवास किये,

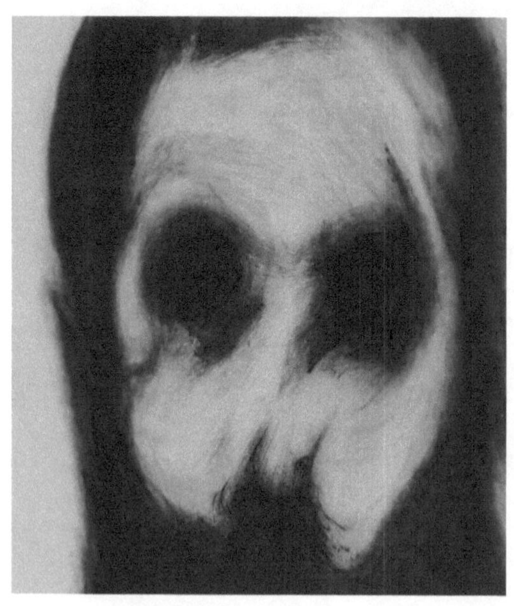

क्या मजहब भी डरते हैं?
अगर नहीं तो यह आपस में क्यों लड़ते हैं?

क्या यह धन के अभाव से आता है?
डर अमीर और गरीब दोनों में पाया जाता है,

क्या यह ताकत से ताल्लुख रखता है?
डर का खौफ डिक्टेटर्स में भी दीखता है,

क्या इसमें जीवन है?
अगर नहीं तो आत्मविश्वास और भक्ति,
क्यों इसके पसंदीदा व्यंजन हैं?

क्या इसका सकारात्मक पहलु हो सकता हैं?
जैसे प्रदर्शन में सुधार,
सुधार की वजह जिज्ञासा या बेहतर करने की चाह नहीं?
फिर इसे डर का नाम देना क्या नहीं है निराधार?

यह मेरे लिए आज भी सवाल हैं,
सच कहूं में भी इसका शिकार हूँ,
आपका क्या ख़याल है?

अगर जवाब है तो एक मुलाक़ात ज़रूरी है,
आपके बग़ैर फ़िलहाल के लिए यह बातचीत अधूरी है।

नज़र

एक नज़र में तुझसे नज़र क्या मिली,
लगा ज़िन्दगी मुझे, ज़िन्दगी नज़र कर गई,

इस कदर मेरी नज़र में तू आ बसी,
जैसे नज़रों में नज़र बसर कर गयी,

अब जहाँ कहीं भी नज़र दौडाऊँ,
हर जगह बस तू ही तू नज़र आती है,

डरता हूँ तुझे मेरी नज़र न लग जाए,
जब तू शर्माके अपनी नज़रें झुकाती है,

चाहता हूँ तुझे दुनिया की नज़रों से बचा के,
कहीं नज़रबंद रख तुझे नज़र भर देखूँ

तेरी नज़रों में कहीं दूर एक आशियाना बसाऊँ
ज़िन्दगी के नज़ारे में सिर्फ तेरी नज़र से देखूँ

तू खुदा का नज़राना है या है, नज़र–ऐ–इनायत
कभी निहारता कभी सजदे में नज़र झुकाता हूँ मैं,

नज़र की गुस्ताखियों से शुरू हुआ था एक खेल कभी
आज नज़रें बिछाए ज़िन्दगी बिताता हूँ मैं।

नींद पूरी नहीं होती

नींद पूरी नहीं होती इस शिकायत से अक्सर परेशान रहे,
आँखें आजतक न खुली, इस हकीकत से अनजान रहे,

नैतिकता की ढलान वहाँ रही,
जहां चाहा हैसियत की उड़ान रहे,

जरूरतें सारी मुतमईन हुई,
अधूरे तो बस ज़िन्दगी के अरमान रहे,

समाज वहाँ आगे बढ़ा जहाँ बहस हुई,
फसाद वहाँ हुए जहाँ इंतकाम रहे,

परायों से बेशुमार मोहब्बत मिली,
अपनों के बीच सिर्फ एहसान रहे,

बढ़ते उम्र का असर खुशियों को हुआ,
दर्द हमेशा दिलों में जवान रहे,

जंगे आज़ादी मे कइयों ने लहू बहाया था,
क्या वजह रही, कुछ महान बने, कुछ गुमनाम रहे।

बदलता वक़्त

छोटी छोटी तंग गलियों में रहकर,
एक अपने घर का ख्वाब सँजोया था,

यूँही नहीं मैंने अपने आशियाने का तिनका
इतने अरमानो से पिरोया था,

इमारत की ऊँचाइयों में,
मैंने लोगों को छोटा होते देखा है,

शायद वह मेरी ही परछाई है,
या मेरे बदलते व्यक्तित्व का झरोखा है,

मंजिल पे घर कम हो गए,
और पड़ौसी अनजान,

पुराने वक़्त की याद जब भी आती है,
सोचता हूँ कितना अकेला हो गया इंसान,

एक वक़्त था, बचपन हर गली में जान पहचान रहता थी,
दिन भर बाहर खेलते घर में फिर भी इत्मीनान रहता था,

आज एक वक़्त है, जब दिन भर चार दीवारों को सहते हैं,
गूगल आधार डाटा प्राइवेसी/सिक्योरिटी की डिबेट में यूँही उलझे रहते हैं।

उन दिनों प्रसंग कम थे,
फिर भी घंटों बातें होती थी,

अब इंटरनेट और 24 घंटे समाचार है,
फिर भी सिर्फ खामोशी रहती है,

आज घर बड़े हो गए,
और मानसिकता छोटी हो गयी है,

इस प्रति स्क्वायर फ़ीट के फासले में,
जान–पहचान, दोस्ती–यारी, प्यार–मुहब्बत,
सब एक चुनौती हो गई है।

ज़िन्दगी से प्यार और मौत का ख़ौफ़

खुशियों में कहाँ सभी की हाज़री होती है,
मुस्कराहट भी आँखों की किरकिरी होती है,

हम तो ग़ैरों के जश्न में भी शिरकत करते है,
अपनों की मोहब्बत में फिर क्यूँ कमी होती है,

जो रिश्ते तिजारती हो जाएँ,
वही आँखों में नमी होती है,

रास्ते हैं, रफ्तार है, और हमसफर भी साथ है,
लेकिन मंजिलों की भनक नहीं होती है,

आशियाने उनके बिखरते हैं,
जिन्हे आजाद परिंदों से आशिकी होती है,

यह रश्क, गुमान, रंजिशों से क्या हासिल कर लोगे,
सोने के लिए बस दो गज जमीन की जरुरत होती है,

ज़िन्दगी से प्यार भी नहीं, और मौत का खौफ भी है,
यही आज कल की ज़िन्दगी होती है।

आम आदमी

पतझड़ के सूखे शज़र की तक़दीर हूँ मैं,
रास्तों में भटका, राहगीर हूँ मैं,

मुझसे जुड़ी हैं ज़िन्दगी की ढेरों उम्मीदें,
इस बोझ से थका मुसाफिर हूँ मैं,

सोचा कहीं रुक कर थोड़ी साँस ले लूँ
अपनी हसरतों का, मुन्तज़िर हूँ मैं,

सपने मेरे आसमानो में पतंग की तरह उड़ते हैं,
हकीकत से बँधी ज़ंज़ीर हूँ मैं,

रवायतों से तन्क़ीद करता हूँ
इंसानियत के प्रति गंभीर हूँ मैं,

इंडिया गेट के भीड़ में जली एक मोमबत्ती हूँ
परिवर्तन के लिए उठी शमशीर हूँ मैं,

कलियुग का दुर्योधन और युधिष्ठिर हूँ मैं,
बदलते वक़्त के आम आदमी की तस्वीर हूँ मैं।

मीडिया

आजकल मेरी तबियत में काफी सुधार है,
घर में बंद कर रखा मैंने समाचार है,

गुनेहगार की जाति मुझे अपराधी बनाता है,
मज़लूम का मज़हब साम्प्रदायिकता का विष घोल जाता है,

मैट्रिमोनियल साइट्स पर जितना विवरण नहीं मिलता है,
संपादक अब उनकी कुंडली बनाता है,

सोचा था फेसबुक में पुराने दोस्तों से होगा दुआ सलाम,
व्हाट्सप्प के ज़रिये परिचितों से बातचीत होगी आसान,

इन सुविधाओं ने जनाब मेरा रक्तचाप बढ़ा दिया,
मधुमेय के रोग की दहलीज़ तक पहुंचा दिया,

ऑनलाइन होना अब मुझे लगता है,
ज़िन्दगी की सबसे बड़ी खता है,
मेरी चाची के मामा के दोस्त,
किसे वोट करेंगे अब मुझे यह भी पता है,

बचपन में माँ कहती थी,
बेटा आगे बढ़ना है तो टीवी से खुद को जुदा कर लो,
अब बच्चों से कहता हूँ,
बेटा इंसान रहना है तो सोशल मीडिया से तौबा कर लो,

यह मीडिया देश के भविष्य को निगल रहा है,
रोक लो इस बदलाव को मेरा देश बदल रहा है,

धुधं की चादर

भोर हुई, सूरज मामू सख्ती से चिल्लाते हैं,
जागो जागो काम पे लग जाओ,
कह अपना फ़र्ज़ निभाते हैं,

सुनहरी किरणों ने उनका संदेसा
सभी मित्रों को पहुँचाया
जंगल में जागा शेर, जागा हाथी
छोटे चूहे ने बिल से निकल कर
अपना सिर हिलाया,

तुम तो समय पर आते हो,
समय पर चले जाते हो,
कह कर बरगद का पेड़ अँगड़ाया,

में शहर का रहिवासी हूँ,
यहाँ रात और दिन का टाईमटेबल अलग है,
बोल अपने मित्र को समझाया,

फिर बारिश की रिमझिम बूँदों की टपटप में,
वह मस्ती में मदहोश हो गया,

गुड मॉर्निंग दोस्तों कह के,
धुधं की चादर ओढ़े, फिर से सो गया।

आओ कुछ पल साथ बिताएं,

आओ कुछ पल साथ बिताएँ,
कुछ शिकायतें तुम्हारी सुने,
कुछ अपनी सुनाएँ,
थोड़े गिले शिकवे मिटाएँ,

उस दिन खाने में जो नमक थोड़ा ज़्यादा था,
मुझे लगा तुम्हारा छेड़ने का इरादा था,
तुमने सोचा मेरा गुस्सा मेरा कसूर है,
क्या करूँ अन्न की तौहीन मुझे नामंज़ूर है,

दफ्तर का गुस्सा कभी में घर ले आता हूँ,
सच कहूँ तो इस भाग दौड़ से थक जाता हूँ,
मुझे पता है तुम इस कड़वाहट ही हकदार नहीं,
इन परेशानियों के लिए तुम ज़िम्मेदार नहीं।

आओ कुछ पल साथ बिताएँ,
अपने गिले शिकवे मिटाएँ

ऐसा नहीं तुम्हारा मायके जाना,
मुझे नहीं अखरता है,
पर कभी कभी
अकेले रहने का मन करता है।

बच्चों को वक़्त ना देना,
तुम्हारी यह हमेशा से शिकायत रही है,
शायद में उतना अच्छा पिता नहीं,
और मानता हूँ तुम्हारी यह बात बिलकुल सही है।

आओ कुछ पल साथ बिताएँ,
अपने गिले शिकवे मिटाएँ

तुम्हारी यह शिकायत भी वाजिब है,
में कभी तुम्हारी या तुम्हारे काम की तारीफ़ नहीं करता,
इज़हार को हमेशा अल्फ़ाज़ की ज़रुरत नहीं,
मेरी दुनिया में तुमसे ज़्यादा कोई खूबसूरत नहीं।

किसी और को देखने से तुम जो चिढ़ती हो,
शायद इस रिश्ते पे थोड़ी ज़्यादती करती हो,
खूबसूरती की हानिरहित सराहना में क्या बुराई है,
यह भी एक तरह से कई बीमारियों की दवाई है,

काश तुम मेरी ख़ामोशी को पढ़ पाती,
शायद हमारी ज़िन्दगी थोड़ा और संवर जाती।

आओ कुछ पल साथ बिताएँ,
अपने गिले शिकवे मिटाएँ,

किस्मत

कभी हँसाती है,
कभी रुलाती है,
कभी हौसला दिलाती है,
कभी चिढ़ाती है,

क्या है यह किस्मत?

कभी दिखाई नहीं देती,
कभी सुनाई नहीं देती,

कभी महसूस नहीं किया,
कभी कोई इशारा नहीं,
हर शख़्स इस क़दर जी रहा है,
जैसे इसके सिवा कोई दूसरा सहारा नहीं।

कौन निर्धारित करता है इसे?

कोई राजा है, कोई रंक है,
कोई भिखारी है, कोई श्रीमंत है,

कोई दाता है, कोई भिक्षुक है,
कोई प्रहरी है, कोई महंत है,

कभी हँसाती है,
कभी रुलाती है,
कभी हौसला दिलाती है,
कभी चिढ़ाती है,

क्या है यह किस्मत?

कभी दिखाई नहीं देती,
कभी सुनाई नहीं देती,

कभी महसूस नहीं किया,
कभी कोई इशारा नहीं,
हर शख़्स इस क़दर जी रहा है,
जैसे इसके सिवा कोई दूसरा सहारा नहीं।

कौन निर्धारित करता है इसे?

कोई राजा है, कोई रंक है,
कोई भिखारी है, कोई श्रीमंत है,

कोई दाता है, कोई भिक्षुक है,
कोई प्रहरी है, कोई महंत है,

किस बिना पर यह निर्धारण होता है?

ईमानदार क्यों गरीब रह जाता है?
मेहनत को उन्नति क्यों नहीं मिलती?
प्यार धोका क्यों खाता है?
उम्मीदों का दम कौन तोड़ जाता है?

क्या इसके लिए कोई न्यायालय है?
कौन है न्यायाधीश?
कहाँ है वकील ?
कहाँ है पुलिस?

क्या समीक्षा याचिका का प्रावधान है?
त्रुटियों का कौन लेता संज्ञान है?

यह इतनी बलशाली है,
तो कहीं तो इसका नियंत्रण होगा?
नियमित तौर पे ना सही अगर,
कभी और कहीं तो इसका विश्लेषण होगा?

कहीं ऐसा तो नहीं,
ये दुनिया ही न्यायालय है,
बुरा वक़्त दंड है,
ज़िन्दगी इसकी कार्यालय है,

अच्छाइयाँ हमारी वकील है,
आचरण हमारी पुलिस है,
और वह जिसकी लाठी में आवाज़ नहीं होती,
वही मुख्य न्यायाधीश है।

खुदा से सवाल

ऐ खुदा,
मुझे माफ़ कर, मेरी खता है,
मैंने अपने बच्चों के लिए,
तेरे बच्चों को ठगा है।

मुझे पता है,
तेरा दिल बहुत बड़ा है,
में यही माफ़ी तुझसे कल भी माँगूंगा,
यह तुझको भी पता है,

मुझे अफ़सोस है, और शक़ भी,
तू तो सब जानता था,
क्या इसमें तेरी भी रज़ा है?

यह व्यवस्था तेरी है,
तेरी निगाह हर जगह है,
गुस्ताखी माफ़, पर मेरा यह सवाल नाजायज़ तो नहीं,
फिर इस गलती की सिर्फ मुझे क्यों सज़ा है,

आपसे कुछ सवाल हैं मेरे,
और एक मुलाक़ात की इल्तिजा है,
मज़लूम भी में हूँ और मुजरिम भी,
यह तेरा कैसा फ़लसफ़ा है।

समझदार जवानी

दिल की तो फितरत है आवारगी करना,
जवानी में थोड़ी समझदारी होनी चाहिए,

माना मुहब्बत ऊंच नीच नहीं देखती,
नियत में थोड़ी तो ईमानदारी होनी चाहिए,

बात मेरे अहम् या तेरे गरिमा की नहीं,
कसौटी पर ज़िन्दगी हमारी आज है,

तेरे जज़्बात का इल्म है, मुझे ऐ आफरीन,
कल तू समझेगी, माना आज तू हमसे नाराज़ है,

पुराने यूँ ही नहीं कहते थे संबंध बराबरी में बनाओ,
उम्रभर ताक पर रिश्तेदारी रहती है,

कुछ पल ख्वाब के सुहाने लगते हैं,
आँख खुली और देखा आगे सिर्फ ज़िम्मेदारी रहती है

शेयर मार्किट

कल अपने पुराने मित्र चंदूलाल से मुलाकात हुई,
हँसी ठहाकों के बीच खूब सारी बात हुई,

मैंने पूछा शहर में क्यों इतना त्रस्त रहते हो,
गाँव में तुम्हारे बड़े रंग थे, अब किस बात से व्यस्त रहते हो,

तुम में वैसे तो कोई ऐब नहीं, ना कोई व्यसन,
फिर क्या बात है, क्यों रहता है इतना टेंशन,

चंदू बोला,
भैया तुम क्या जानो मार्केट् का मायाजाल ,
यह ऐसा नशा है जो सर चढ़ कर बोलता है,
एक शब्द में कहँ तो बस है कमाल,

मैंने पूछा अचरज से, क्या यह मायाजाल है,
हमने तो सुना था लोग लाखों करोडों कमाते हैं,
यह बिजनेस तो बेमिसाल है,

वह बोला
भैया शेयर मार्केट एक ऐसा विचित्र खेल है,
इसमें सस्पेंस, ट्रेजेडी, लक, इक्साइट्मन्ट का अद्भूत मेल है,

ज़्यादातर लोग इसके प्रति आकर्षित है,
समझ आये या न आये यह एक अलग बात है,
कोई पंटर है, कोई इन्वेस्टर और जो बचे वह पंडीत है

मैंने कहा भैया हमें भी यह खेल सीखा दो,
हम भी खिलाडी बन जाएँ, हमें भी अमीर बना दो,

यह खेल जितना दिलचस्प है उतना ही अनोखा है
अच्छे अच्छों को लगा इसमें चुना है,

इस खेल में कई किरदार हैं,
और सब समझ के बाहर है,

यह धारणा है की बढ़ता सेंसेक्स फायदा पहुँचता है
पूछ बेचारे से जो शॉर्ट—सेलिंग कर अपनी लुटिया डुबाता है,

जिस दिन,सेंसेक्स गिरता है, जहाँ कइयों के पसीने छूट जाते हैं,
उस दिन, कई लॉन्ग खेल के, खूब धन कमाते हैं,

समाचार पत्र कहते हैं, घरेलु डिमांड बढ़ रहा है,
पैसा लगाओ और देखो, सेंसेक्स विपरीत दिशा में दौड़ रही है,

समाचार पत्र कहते है, मंदी छाई है,
उस सूरत—ए—हाल में शेयर्स बेच के लोगो ने मुँह की खाई है,

जानकार कहेंगे विदेशी निवेशक की कारस्तानी है,
और हम परेशान, क्या उनके अखबार में आँकड़ों की अलग कहानी है,

भैया कमोडिटी ऑइल और गोल्ड भी खेल में सरप्राइज एंट्री लेते हैं,
और जब सब कुछ ठीक चले, तो अमरीकी खाड़ी पर बमवर्षा कर देते हैं,

कभी लगता है, अब थोड़ा थोड़ा समझ आ गया,
क्लोजिंग तक पता चलता है, कोई तीसरे देश का डेटा चूना लगा गया,

मैंने पूछा जब निवेश इतना जोखिम भरा है,
तो फिर आम आदमी इसमें क्यों उलझ रहा है,

इसकी लत मे जो पड़ जाता है,
वह पूरी तरह इसका हो के रह जाता है,

सिगरेट शराब गांजा सब इसके आगे फेल है,
ऊपर से यह कानूनी है ना बदनामी का डर ना कोई जेल है,

व्यापार उद्योग वित्तीय संस्थान इसी से चल रहे हैं,
देश की अर्थव्यवस्था भैया यूँ ही नहीं फल फूल रहे हैं

यह अलग बात है छोटा निवेशक आज भी अचरज में पड़ा है,
कभी कभी सोचता है, वह कहाँ था और कितना आगे बढ़ा है,

मार्केट् में निवेश जोखिम भरा हो सकता है,
जनहित में जारी।

कागा

कागा तू रोज़ मेरे दरीचे क्यों शोर मचाता है?
क्या मेरा पूर्वज है जो मुझे डाँट पिलाता है?

तेरे प्रति मेरी ऐसी कौनसी ख़ता है,
कोई भूल चूक है जो मुझे नहीं पता है,

क्या कोई अधूरा अरमान है?
क्या मात–पिता और उनके पूर्वजों का कोई संवाद है?
फिर तुझे कौन सा काम है?

तू यूँ ही अगर गुस्से में रोज चिल्लायेगा,
ख़ुदा क़सम मेरे पल्ले कुछ न पड़ पायेगा,

पुरखों का संदेसा लाया है, तो जा कह दे,
श्राद्ध और पिंड दान मैं विधिवत तरीके से कराऊंगा,
उनके भोजन की सामग्री स्वर्ग लोक तक पहुँचाऊँगा,

अरे तू फिर भी यहीं टिका है,
क्या मेरे आतिथ्य पे फ़िदा है,
पर मैंने तो तुझे नहीं बुलाया,
फिर तेरी क्या व्यथा है?

कागा तू रोज़ मेरे दरीचे क्यों शोर मचाता है?
क्या मेरा पूर्वज है जो मुझे डाँट पिलाता है?

तेरे प्रति मेरी ऐसी कौनसी ख़ता है,
कोई भूल चूक है जो मुझे नहीं पता है,

क्या कोई अधूरा अरमान है?
क्या मात–पिता और उनके पूर्वजों का कोई संवाद है?
फिर तुझे कौन सा काम है?

तू यूँ ही अगर गुस्से में रोज चिल्लायेगा,
खुदा क़सम मेरे पल्ले कुछ न पड़ पायेगा,

पुरखों का संदेसा लाया है, तो जा कह दे,
श्राद्ध और पिंड दान मैं विधिवत तरीके से कराऊंगा,
उनके भोजन की सामग्री स्वर्ग लोक तक पहुँचाऊँगा,

अरे तू फिर भी यहीं टिका है,
क्या मेरे आतिथ्य पे फ़िदा है,
पर मैंने तो तुझे नहीं बुलाया,
फिर तेरी क्या व्यथा है?

यूँ रोज़ रोज़ मिलने से क्या तू अपनी मित्रता दर्शाता है?
पर यह वार्तालाप मेरी समझ में तो बिलकुल नहीं आता है,

यह कर्कश वाणी से मुझे चिढ़ाने में तेरे क्या मनसूबे हैं?
आज तो ठीक से भोर भी नहीं हुई,
आँखें अभी भी निद्रा में डूबी हैं,

थोड़ी विनम्रता से संकेत स्पष्ट करो,
नहीं तो मुझे सोने दो और आप भी मस्त रहो,

कागा ने तिरछी नज़र से देखा,
कुछ देर शांत रहा और फिर बोला,

मुर्ख सालों से तुझे सीखा रहा हूँ
तुझे वक़्त की पहचान करा रहा हूँ

और तू आज भी गधा ही है,
अपनी कोशिशों को लगता है व्यर्थ ही गँवा रहा हूँ।

तेरा मेरा रिश्ता सदियों पुराना है,
किसी ज़माने मे, मैं महाजन था,
और तू मेरा नालायक छोटा बेटा गजानन था।

ज़िन्दगी में वक़्त की कीमत क्या होती है,
यह तुझे सिखा सिखा के मैंने प्राण त्यागे,

तू उस समय भी सोया था,
आज भी तेरी चेतना नहीं हैं जागे,

और कान खोल के सुन ले नालायक,
में तेरा मित्र नहीं जो मित्रता दर्शाने आया हूँ ,
में कभी तेरा बाप था,
तुझे इंसान बनाने आया हूँ।

'मौक़े की नज़ाक़त'

'मौक़े की नज़ाक़त' की समझ से, नासमझ ही रहे हम,
समझ आते आते, मौके हाथ से निकल जाते हैं,

शब्दों के चयन के उलझन में अक्सर,
माहौल और ज़्यादा उलझ जाते हैं

मेरा दिल साफ है यह तकरीर के लिए ठीक है,
जुबां की कड़वाहट, गहरे घाव छोड़ जाते हैं,

जहां साथ चाहिए साथ खड़े हो जाओ,
तन्हाई में हिम्मत दम तोड़ जाते हैं,

आवाज़ उठाने की जरुरत है तो उठाओ,
ख़ामोशी में हालात और बिगड़ जाते हैं,

सच्चाई को रिश्तों में मत उलझाना कभी,
अपने ही तो अपनों को आईना दिखाते हैं।

ज़िन्दगी में खुली किताब की तरह दिखो बिमल,
हर तजुर्बा अपना नया चित्र बनाते हैं,

वक़्त

वक़्त के ज़ख्म पर वक़्त ही मरहम लगाता है,
मौसम की एक आदत है, वह बदल जाता है,

बीजों को मुसलसल सींचते रहना,
बियाबान में भी गुलाब खिल जाता है,

भटके हुए कदम को सहारा बड़प्पन है,
लड़खड़ाए कदम गुनाह नहीं लड़कपन है,

अपनों का साथ मिले तो कदम संभल जाते हैं,
जो हाथ ना मिले, वो हाथ से निकल जाते हैं,

वक़्त के ज़ख्म पे वक़्त ही मरहम लगाता है,
मौसम की एक आदत है, वह बदल जाता है,

मुहब्बत और अदावत का पुराना साथ है,
मेरे दामन में भी कुछ दाग हैं,

आईने से जब भी पूछता हूँ अपना बही खाता,
वह कुछ बताता है, और कुछ निगल जाता है।

वक़्त के ज़ख्म पे वक़्त ही मरहम लगाता है,
मौसम की एक आदत है, वह बदल जाता है,

शुन्य

शुन्य क्या है?

निराशा की अभिव्यक्ति है,
एक गोलाकार है, एक आकृति है,

या महज़ संख्या श्रृंखला का सदस्य है,
सच कहूँ मेरे लिए एक रहस्य है,

आइए आर्यभट्ट को प्रणाम करते हैं,
और इसे थोड़ा और समझने का प्रयत्न करते हैं,

यह संख्याबल को शुन्य बनाता है,
सही जगह लगे तो दस गुना बढ़ाता है,

शुन्य अनंत ब्रह्माण्ड का स्वरुप है,
गोल सूरज, गोल पृथ्वी, गोल चंदा का आकर्षक रूप है,

ग्रहों के मार्ग की परिक्रमा है सहायक है,
गोलमाल की इस दुनिया का परिचायक है,

शुन्य दशा नहीं एक व्यवस्था है,
निर्माण से पहले शुन्य है,
विनाश के बाद शुन्य है,
शुन्य रिक्त नहीं सम्पूर्णता है,
यह तुच्छ नहीं परिपूर्णता है,

इंसान खाली हाथ आता है,
खाली हाथ चला जाता है,
ज़िन्दगी का यह फ़लसफ़ा,
शून्यता ही तो दर्शाता है,

यह आदि है, यही अंत है,
यह अनंत है,
शुन्य ज्ञान है, शुन्य दर्शन है,
शुन्य शिवलिंग, है शुन्य सुदर्शन है।

पर्यावरण

एक शाम ईश्वर से मुलाकात हुई,
कुछ देर शांत रहे फिर चर्चा की शुरुआत हुई,
में दुविधा में था कैसे यह घटना आज अकस्मात हुई,

शायद वे समझ गए, मुस्कराये, बोले,
तुम मुझे लगे परेशान,
और तुम्हे देख हुआ मैं हैरान,

मेरे सभी रचनाओं में तुम श्रेष्ठ हो,
मेरे सभी बच्चों में तुम ज्येष्ठ हो,

इस लिए तुमसे मेरी आशा है,
और में दुखी हूँ तेरे भीतर इतनी निराशा है,

तुझसे खुश तो पेड़ पे बैठी चिड़िया है,
हर पल रहती है खौफ में,
पर उसे पता है क्या ज़िन्दगी जीने की क्रिया है,

तेरी योग्यता पर तो मुझको पूर्ण विश्वास है,
बता तू इतना क्यों हताश है,

मुझे घर की तलाश थी,
मैंने शहरों को आबाद किया,
अपने आशियाने के लिए,
कितने वनो को उजाड़ दिया,
में आज भी वृक्षों पर प्रहार करता हूँ
असंख्य घोसलों का रोज़ विनाश करता हूँ।

में सोचता हूँ मेरे अरमान इन ऊँची इमारतों में कितने संतुष्ट हुए?
मेरी लालच से आज असंख्य जीव विलुप्त हुए,

इस धरा पर उनका भी अधिकार है,
क्या यही आपकी सर्वश्रेष्ठ रचना का परोपकार है?

मैंने हिमनद को पिघलाया है,
अपने विलास भोग के लिए दुनिया का जलस्तर बढ़ाया है,
आज यह सभ्यता विनाश के कगार पर है,

और हम इसके गुनहगार हैं,
क्या यही आपकी सर्वश्रेष्ठ रचना का परोपकार है?

नदियां सुखी, भूमि बंजर, गावों में आज अकाल है।
इस दुर्गति का मुझे बहुत मलाल है,

मेरी लालची नज़रों में सभी का वजूद गुबार है,
क्या यही आपकी सर्वश्रेष्ठ रचना का परोपकार है?

प्रभु मुस्कराए,

तू समझदार है,
तू जानकार है,
तू समझता है कारण इस विनाश का,
तू ही होगा स्रोत नए दुनिया के प्रकाश का,

इतिहास में तूने परिवर्तन का भार उठाया है,
संसार को तूने अपने हृदय और आचरण से मार्ग दिखाया है,
त्रेता में तूने राम बनकर दैत्यों का संघार किया,
द्वापर में पाण्डु पुत्र बनकर धर्म का प्रचार किया,

विश्वयुद्ध से घायल मानवता को तूने गाँधी लेप लगाया है,
तूने ही तो पथ भ्रष्ट समाज को नया मार्ग दिखाया है,

तेरे सभी सवालों का तू ही मेरा जवाब है,
इस अँधेरी रात का तू ही मेरा आफ़ताब है।

बस एक कदम और चलना है,

जब मायूसी ने ओढ़ी चादर,
रोशनी को निगल गया अन्धकार,

हर कदम पे ठोकर लगी,
थम गयी रफ़्तार,

इस ठहराव से आगे बढ़ना है,
बस एक कदम और चलना है,

टूट गए सपने,
बिखरे सभी अरमान,
अपने हुए पराये,
रिश्ते हुए अनजान,

हया ने लाँघि बेहयाई,
आत्मसम्मान हुआ लहूलुहान,
किस ओर बढे कदम
रास्ते बंद हुए तमाम।

इन अवरोधों से आगे बढ़ना है,
बस एक कदम और चलना है,

अवसर बनी चुनौती,
निर्माण का हुआ विनाश,

बुझने लगी आस की ज्योति,
उत्साह हुआ हताश,

इस ज्योति को अभी और जलना है,
बस एक कदम और चलना है,

कदम लगे डगमगाने,
राह हुई मुश्किल,
निराशा थी घनघोर,
पैर हुए कमज़ोर,

नाउम्मीदी का माहौल हुआ,
वक़्त ने मुँह मोड़ा,
बिगड़े सभी जीवन कार्य,
किस्मत ने साथ छोड़ा,

कठोर समय में थोड़ा मृदुल बनना है,
बस एक कदम और चलना है,

कलम की टूटी नोक,
अक्षरों ने पढ़ना छोड़ा

विद्या हुई गँवार,
सभ्यता ने साथ छोड़ा,

विवेक पे हुआ संशय,
गलत हुए निर्णय,
विनय हुआ विद्रोही,
कहर गया हृदय,

स्वयं पर थोड़ा अधिक विश्वास करना है,
बस एक कदम और चलना है,

शब्द लगे लड़खड़ाने,
साँसे हुई धीमी,
नज़रें हुई धुँधली,
आँखों में आयी नमी,

रूह ने छोड़ा दावा,
ज़िन्दगी लगी छलावा,
रंगमंच के समाप्त हुए किरदार,
मृत्यु बनी जीवन की पहरेदार,

इस आखरी पल से जीवन को लड़ना है,
बस एक कदम और चलना है।।।।

अमन का रंग

इतिहास ने अहंकार विस्तारवाद की कई लड़ाइयाँ देखी हैं,
इसका और व्यापक विस्तार हो गया है,

मज़हब के नाम पर आज पढ़े लिखे लड़ते हैं,
ज्ञान भी बेबस और लाचार हो गया है,

यह वही गुलशन हैं जहाँ खिलती थी फूलों की कलियाँ कभी,
यह आज इंसानियत का मज़ार हो गया है,

तूने बताये थे जो रास्ते जन्नत के,
उन रास्तों में तकरार हो गया है,

अमन का रंग अब लाल हो गया है।

इस गुलशन मे जहाँ खिलना था कलियों को,
यह इंसानियत का मज़ार हो गया है,

तेरे बन्दों ने बताये हैं कुछ रास्ते जन्नत के,
वहाँ ईमान आज ज़ख़्मी और बीमार हो गया है

अमन का रंग अब लाल हो गया है।

छत की लागत

तूफ़ान एक मोड़ पे हमसे भी टकराये थे,
वह आँधी वह बिजली वही घने साये थे,

घर के छत की लागत इतनी ज़्यादा थी,
हम चाह के भी लौट नहीं पाए थे,

शहर में हवेलियों की, सरायों की कमी नहीं है,
चार दीवारी की अहमियत बारिशों ने समझायी,

चलते चलते कदम जब भी थक जाते थे,
चैन की नींद पुरानी चारपाई ने सुलाई,

दुनिया रंगीन बहुत है इसमें कोई शक़ नहीं,
होली का त्यौहार साल में एक बार ही आता है,

मुझे रंग खेलना पसंद भी है, लेकिन,
ज़िन्दगी का सफर कुछ उसूलों पे तय किया जाता है,

बीता हुआ पल

ज़िन्दगी का वह पल जो व्यतीत है,
वह लम्हे जो आज मेरे अतीत हैं,

में उस पल को एक और बार गले लगाना चाहता हूँ
उन गलियों में थोड़ा और जीना मुस्कराना चाहता हूँ

वह पल जब में उसे वह फूल दे न पाया था,
जब में उसे चाह के भी वह कह न पाया था,

वह पल जब उसे मेरा इंतज़ार रहता था,
वह झलक जिसके लिए मैं बेकरार रहता था,

वह पल जो हम साथ साथ और बिता सकते थे,
वह पल जो शायद इस हिचक को मिटा सकते थे,

क्या पता ज़िन्दगी के रंग आज शायद कुछ और होते,
कुछ यादें ज़्यादा होती कुछ अफ़सोस कम होते,

में कुछ पलों को एक और बार गले लगाना चाहता हूँ
कॉलेज की गलियों में वापस लौट जाना चाहता हूँ,

वह यारों की यारी,
वह बेपरवाह ज़िन्दगी हमारी,

वह लेक्चर्स में गायब हो जाना,
वह चाय की टपरी पे दिन बिताना,

वह एक बियर की बोतल वह एक सिगरेट,
जिसे बाँट हम सब रईस हो जाते थे,

वह पैसों की कमी वह फैशन का आकर्षण,
वह आपस में हम जो हौसला बढ़ाते थे,

वह एक लड़की जिससे हम सब ताड़ा करते थे,
वह सपने भविष्य के जो हम निहारा करते थे,

वह फ्राइडे का मैटिनी शो,
सबसे पीछे वाला रो,

वह रात रात भर एक्ज़ाम्स की तैयारी,
वह शैतान और नादान दोस्ती हमारी,

में उस पल को एक और बार गले लगाना चाहता हूँ
वह गलियों में थोड़ा और जीना मुस्कुराना चाहता हूँ

सोचता हूँ

वह चाय की टपरी आज भी वँही है,
मेरे दोस्त आज भी यहीं हैं,
बियर आज भी मयख़ानो में बिकते है,
हमारे दिल आज भी धड़कते हैं,

वक़्त का क्या दोष है, की वह निकल गया,
दोष हालात का है? या फिर शायद में बदल गया।

शहर का नया त्यौहार

हिंदुस्तान में त्यौहारों का एक ख़ास आकर्षण है,
दुनिया को लगता है इसमें हमारी विविधता और संस्कृति का दर्शन है,

मैं भी मानता हूँ हमारे देश में हर पर्व है खास,
अपना हो तो मिठाई और नए लिबास,
और ना हो तो व्यस्त जीवन में एक और दिन का अवकाश,

होली, दीपावली, ईद सदियों से हैं हमारे पारम्परिक त्यौहार,
अब उसमे जुड़ गया है एक नया साप्ताहिक अवतार,
गावों में अभी इसका प्रचलन कम है,
शहर में इसे सेलिब्रेट करते हैं ज़्यादातर परिवार,

यह त्यौहार महीने में चार यानि साल में बावन बार आते हैं,
इसे आजकल कर्मचारी वीकेंड बोल के मनाते हैं,

कहते हैं इसे इग्नोर करना है उल्लंघन मानव अधिकार का,
आख़िर बैलेंस जो करना है वीकडेज़ के अत्याचार का,

इस त्यौहार का बाकियों से अलग है संस्कार,
ना मिठाई, ना पूजा पाठ, ना नए लिबास,

ना मेहमान आते हैं ना फॅमिली गॅदरिंग्स होती है,
और न मिलता है बच्चों को कोई उपहार,

यह त्यौहार कई विकल्प में आते हैं,
हिल स्टेशन, रेस्टोरेंट्स, सिनेमा, मॉल में शॉपिंग,
और लॉन्ग ड्राइव पर जाना सब कुछ इसमें समाते है।

सहूलियत और बजट अनुसार आप कर सकते हैं चुनाव,
बीवी और बच्चों का ज़रूरी है लेना इसमें सुझाव,

उन्हें नज़रअंदाज करना एक भारी भूल होगी,
वैसे विवाहितों को पता है इसकी कीमत किस तरह वसूल होगी।

कहते हैं यह ज़रिया है जिससे कम होता है तनाव,
कुछ रिसर्च पेपर्स कहते हैं पीयर प्रेशर का भी होता है बड़ा दबाव,
सोसाइटी में स्टेटस मेंटेनन्स का भी तो है सवाल,
ट्रेंड के साथ चलना जरूरी है फिर चाहे बजट हो ठन ठन गोपाल,।

आजकल इस नए त्यौहार की जोर शोर से तैयारी होती है,
वेडनेसडे से बच्चे फ्राइडे रिलीज चेक करते हैं,
बीवी की हिल स्टेशन और होटल बुकिंग्स की जवाबदारी होती है,

मल्टीप्लेक्स किसी पांच सितारा होटल से काम नहीं होते हैं
1000 की टिकट, 500 का पॉपकॉर्न, 300 का कोक,
देख के लोगों के बटवे हैं रोते,

5000 का टोटल पैकेज आदमी किसी तरह एडजस्ट करता है,
अगले इलेक्शन में मुफ्त बिजली और पानी के,
आज़ाद मैदान वाले धरने से कम्पेनसेट करता है,

हिल स्टेशन का तो एक अलग ही कमाल है,
वीकडेस में जहाँ मच्छर भी नहीं पनपते,
वीकेंड्स में उनकी ऑक्यूपेंसी रेश्यो,
अपने आप में एक मिसाल है,

घूमने के नाम पे आपको चार पॉइंट्स का चुना लगेगा,
सनराइज या फिर सनसेट उस लिस्ट में पक्का मिलेगा,
इन्हे देखने के लिए जगह 2 घंटे पहले से आप फिक्स करो,
अपनी बालकनी से फिर चाहे उसे रोज़ मिस करो।

लॉन्ग ड्राइव एक अलग पहेली है,
पूरा दिन कार में सिकुड़ना, न बाथरूम की सुविधा, ऊपर से पेट्रोल का खर्च,
इससे अच्छी तो आराम करने के लिए अपनी दो बैडरूम की हवेली है।

यह त्यौहार में एक अच्छी बात भी होती है,
घर के अनजान रिश्तेदारों की अच्छी मुलाकात होती है,

मियां बीवी के दरम्यान कुछ गुप्तगू होती हैं,
बच्ची अरसे बाद मम्मी डैडी से रूबरू होती हैं,

वैसे इस नए त्यौहार से मुझे कोई गुरेज़ नहीं
घूमना फिरना और सिनेमा से
व्यक्तिगत तौर पे मेरा कोई परहेज़ नहीं,

खुशियों को खरीदने की यह जो नयी प्रवत्ती है,
समाज के इस चलन से मेरी आपत्ति है।

शिक्षा व्यवस्था का बुरा हाल

समाज को शिक्षा दिशा दिखाती है,
देश के भविष्य को आगे बढ़ाती है,
शिक्षा शिला है परिवार के सांस्कृतिक उत्थान का,
शिक्षा ज़रिया है व्यक्तिगत अरमान का,

शिक्षा राष्ट्र का अभियान है,
शिक्षा से जुड़ा मानव कल्याण है,
शिक्षा धर्म और शांति की व्यवस्था को करता है साकार,
जीवन मूल्य शिक्षा के बगैर ले नहीं सकते आकार,

शिक्षा ने सनातन में इंसान को ब्राह्मण बनाया,
इस राष्ट्र को प्राचीन काल में श्रेष्ठता के शिखर तक पहुँचाया,

अब आइए वर्तमान में आते हैं,
आपको वर्तमान परिस्थिति से अवगत कराते हैं,

शिक्षा की दुकान अब इंटरनेशनल स्कूल के नाम से कई व्यापारी चलाते हैं,
हमें लगता है यह राष्ट्र निर्माण में अपनी भूमिका निभाते हैं,

फ़ीस पेमेंट इन दिनों ऑनलाइन मंथली इन्सटॉलमेंट में लिया जाता है,
वसूली के लिए स्कूलों का बैंक फाइनेंस से भी गठजोड़ किया जाता है,

मध्यम वर्गीय परिवार अपने बच्चों को उद्देश्य बनाकर पढ़ाते हैं,
खाना कभी एक वक़्त का कम पड़ जाए,
फ़ीस टाइम पर जमा करा स्वयं को लेट चार्जेज़ से बचाते हैं,

फीस अब किराना स्टोर के बिल की तरह आते हैं,
ट्यूशन हॉबी पिकनिक म्यूज़िक स्पोर्ट्स आर्ट्स इत्यादि,
के चार्जेज़ उसमें लाइन से सजता है,

विद्यार्थी के आचरण में परिवर्तन हो न हो,
यूनिफार्म हर साल नए रंग में आता हैं,

पहले बड़ों के या फिर दोस्तों की किताबों से काम चला लेते थे,
अब पाठ्यक्रम के नियम ही समझ के परे हो जाता हैं,

आजकल बस से लेके किताब तक का व्यवसाय चलाते है,
शिक्षा अर्जित करने के लिए बेचारे छात्र ट्यूशन के चक्कर लगाते हैं,

विडंबना यह है,
आचरण में सुधार हो इसलिये माता पिता,
बच्चों का अच्छे स्कूल में दाखला करवाते हैं,
फिर उन्ही स्कूलों में सीसीटीवी की मांग करके,
अपने बच्चों को दुराचारियों से बचाते हैं,

देश का एक बड़ा तबका गरीबी रेखा का शिकार है,
प्राइवेट स्कूल इंटरनेशनल स्कूल बेचारों की पहुँच से बाहर है,

अब जरा सरकारी स्कूलों की तरफ आते हैं,
सरकारी शिक्षक भी अपने बच्चों को शायद ही उसमे पढ़ाते हैं,

आम आदमी इस पूरी व्यवस्था से त्रस्त है,
समाज फ़िज़ूल बहस में व्यस्त है,

इस व्यवस्था में रचनात्मक सुधार लाना होगा,
सरकार मीडिया समाज सबको मिलकर अपना किरदार निभाना होगा।

मेहनत की पतवार

हर दर्द को जुबां नहीं होती हैं,
हर मजिल आसमान नहीं होती हैं,

कभी मजबूरियां कभी मसरूफ़ियत,
पर होते हैं लेकिन, ख्वाइशों के उड़ान नहीं होती हैं,

आज़ादी की तमन्ना अंतर्मन में रख के,
चार दीवारी की किश्त चुकाते हैं,

रिश्तों की डोर में उलझ कर,
हम रिश्ते भी कहाँ निभाते हैं,

ना किसी से उम्मीदें है ना कोई शिकायत,
तपती धुप में मेहनत से यह पतवार चलाई है,

हम मर्यादा पुरुषोत्तम के वह वंशज हैं,
हालात चाहे जो हों मर्यादा में रहकर ज़िन्दगी बिताई है।

यह कैसा दौर आया है

यह कैसा दौर आया है मेरे मालिक,
ना बाहर सुकून है ना घर में सुकून है,

मंजिलें धुँदला सी गयी हैं,
लेकिन चलना है, आगे इसका जूनून है,

जो चाहा वह हासिल भी हुआ, देर सबेर ही सही,
अब कुछ और पाना है, थोड़ा और दूर जाना है,

पगडंडियों पे चलती ज़िन्दगी, हाईवे की रफ़्तार हो गयी,
ना गति पर नियंत्रण है, ना तय कोई ठिकाना है,

अब कुछ और पाना है, थोड़ा और दूर जाना है,

चाह के भी रुक नहीं सकते हॉर्न बज रहा हैं,
पीछे वालों को भी आगे जाना है,

वह वक़्त और था जब रास्तों में मोड़ मिल जाया करते थे,
आजकल वन वे हाईवे का जमाना है,

अब कुछ और पाना है, थोड़ा और दूर जाना है।

शायद यह शहर सो गया है

रोज़गार आज बेरोज़गार हो गया है,
कारखाना बंध और बीमार हो गया है,
मज़दूर को अब गाँव जाना है,
किसान को खेतों में हल चलाना है,

दफ्तर खुलने को बेताब है,
कर्मचारी को अधिकारी से प्यार हो गया है,
अब डांट का डर भी न रहा उन्हें,
शायद यह शहर सो गया है,

कामवाली कहती है अब टाइम पे आऊँगी,
कामचोरी तो दूर कभी छुट्टी भी नहीं मनाऊँगी,
साहब से कहना डरिएगा नहीं,
भाभी से शिकायत भी नहीं लगाऊँगी,

दुकानदार सुबह बोहनी से डरता है,
ग्राहक घर से निकलने को मना करता है,
सामान धुल में कहीं खो गया है,
शायद यह शहर सो गया है,

त्यौहारों को अब खुशियों से गिला है,
होली का पर्व भी रंगो से कहाँ मिला है,
रमज़ान कहता है गले नहीं लगाऊँगा,
में तो खुशी का पल हूँ मातम नहीं मनाऊँगा,

विद्यार्थी छुट्टी से घबराने लगे हैं,
शिक्षक उन्हें याद आने लगे हैं,
अब उन्हें स्कूल जाने का मन हो गया है,
शायद यह शहर सो गया है,

जानवर दुःखी हैं कोई उन्हें परेशान करे,
बच्चे आएँ खेलें और हैरान करें,
गाड़ियों के पीछे दौड़ना एक ख्वाब सा हो गया है,
शायद यह शहर सो गया है,

पुलिस का डंडा रूठ गया है,
चोरों की याद में दुखी होके टूट गया है,
कहता हैं तशरीफ़ लाल नहीं करूँगा,
मिलोगे तो विनम्रता से मुलाकात करूँगा,
हफ़्ते की चिंता ना रही उन्हें,
ज़िंदा रहो दोस्तों यही फ़रियाद करूँगा,

लोकल ट्रेंन्स में अब रफ़्तार नहीं होती है,
इंडीकेटर्स के नीचे मुलाकात नहीं होती है,
स्टेशन तन्हाई में तनहा हो गया है,
शायद यह शहर सो गया है,

सड़कें अब वीरान हो गयी हैं,
ट्रैफ़िक्स की यादों की गुलाम हो गयी हैं,
हॉर्न बजाने वाला नदारद हो गया हैं,
शायद यह शहर सो गया है,

शमशान की आँखों में आंसू है,
ज़िन्दगी उम्मीद खो रही है,
आग चाह के भी बुझ नहीं रही,
कोई अपना आज फिर खो गया है,
शायद यह शहर सो गया है,

ज़िन्दगी को हमें बचाना होगा,
पटरी पर इसे पुनः लाना होगा,
वक़्त मुश्किल है पर हम कमज़ोर नहीं,
इस शहर को हमें मिलके बचाना होगा,

हर घर कुछ कहता है

बचपन अपने घर का ख़्वाब सँजोता है,
जवानी उसे एक बोझ की तरह उम्र भर ढोता है,

मध्यम वर्गीय व्यक्ति के लिए घर अब विकल्प नहीं मजबूरी है,
संस्कार हो ना हो 3bhk होना ज़रूरी है,

उच्च शिक्षा कद काठी और परिवार,
अब ब्याह सुनिश्चित कराने में नहीं रह गए हैं असरदार,

3bhk और मॉडर्न एमेनिटीज बन गया है,
चट मंगनी पट शादी का नया शिल्पकार,

नई सोसाइटीज़ होती हैं,
मॉडर्न अमेनिटीज़ के विज्ञापन से भरपूर,

आम आदमी को चाहिए सिंपल 2bhk,
अब हाई मेंटेनेंस देने को हो जाते है मजबूर,

स्कूल में दाखिले के तरीके भी बदल गए हैं,
माता पिता की पढाई के प्रति ईमानदारी अब मायने नहीं रखती,
जितनी पॉश हो आपकी रेजिडेंन्शियल सोसाइटी,
उतनी जल्दी मिलेगी बच्चों को स्कूल में भर्ती,

कक्षा में बच्चों की दोस्ती भी अब,
कारपेट एरिया की हो गयी है मोहताज,
अच्छी सोसाइटी का ब्रांड ना लगा हो,
तो घर में बच्चे हो जाते हैं नाराज़,

पार्किंग हो स्टिल्ट, स्टेशन हो करीब,
स्कूल के इर्दगिर्द, ऐसा घर मिले तो नसीब,

एक पर्सनल बालकनी और वार्डरोब की ख़्वाइश है,
ड्रेसिंग टेबल और डबल बेड के साथ,
थोड़ी जगह बच जाए यह मैडम की फ़रमाइश है,

घर खरीदना भी शादी करने की तरह,
नहीं रह गया है आसान,
सुपर बिल्टप और कारपेट एरिया के फ़र्क़,
से ही हो जाता है लाखों का नुक़सान,

वास्तु शास्त्र और स्टाम्प ड्यूटी का गणित अब समझ में आया,
स्विमिंग पूल, पार्किंग, जिम, नाना नानी पार्क अब हैं स्टेटस का प्रमाण।

अच्छा घर पाने की चाहत में,
आम आदमी बड़ी कीमत चुकाता हैं,
तनख़्वाह का बड़ा हिस्सा,
EMI के बोझ तले मारा जाता हैं,

होम लोन का आँकड़ा देख,
बॉस से इतना लगाव हो गया है,
छुट्टी लेना तो दूर लेट नाइट्स और वीकेंड्स,
में काम करना अब हमारा स्वभाव हो गया है,
हर नागरिक का खुद का घर हो,
संसद में इसका अनुमोदन होना चाहिए,

सिटीजंस राइट टू इक्वलिटी के साथ साथ राइट टू हाउसिग
के लिए भी संविधान में ज़रूरी संशोधन होना चाहिए

ज़िन्दगी ऐसी कुछ खास गुज़री नहीं,

ज़िन्दगी ऐसी कुछ खास गुज़री नहीं,
शायद मौत उतनी भी बुरी होगी नहीं,

कभी लौटूँ अपने अतीत की गलियों में,
वह फ़ैसले, अफ़सोस, नाकामी,
वह खुशियां, वह परेशानी,
चल आज सुलह हो ही जाए,
तेरी भी नहीं और मेरी भी नहीं,

माना वह लम्हे हमने साथ जिये, जो तूने दिए,
यह एहसास ही काफ़ी है, यह ज़रूरी तो नहीं,

तेरी बेवफ़ाई भी मुझे आशिकाना लगी,
तेरा साथ मेरी ख़्वाइश थी, मजबूरी नहीं,

मैं अँधेरों में चला हूँ, धुप में जला हूँ
मुश्किलों में संभला हूँ, यह कहानी मुकम्मल है अधूरी नहीं,

हमें एक दिन बिछड़ना है, यह जानता हूँ में,
मौत से यकीनी मिलन, क्या रिश्ते की ईमानदारी नहीं,

ज़िन्दगी ऐसी कुछ खास गुज़री नहीं,
शायद मौत उतनी भी बुरी होगी नहीं।

घड़ी के हाथ

भाई तेज़ है आपकी रफ़्तार,
दिखता है मेरे प्रति आपका दुलार,

दूर जा के भी आप रह नहीं पाते हो,
नियम से मिलने चले आते हो,

लेकिन आपको भी मुझ पर अभिमान होगा,
में छोटा ही सही मेरी भी शख़्सियत है,

मेरे बिना वक़्त नहीं बदलता,
इस मैदान में यह मेरी अहमियत है,

प्रेरणा है इन दोनों भाइयों की कहानी,
स्वभाव से अलग फिर भी साथ हैं,
यह हमारी घड़ी के दो हाथ हैं।

तूफ़ान

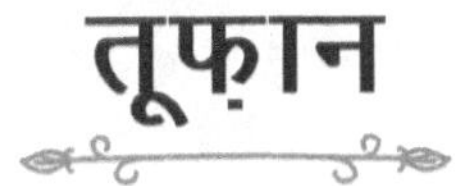

जब एक रास्ता बंद हो जाए,
कदम खुद–ब–खुद नए रास्ते चुन लेते हैं,
पैगाम सही हो, तो काफिये की फिक्र नहीं,
लोग जुमलों को शायरी की तरह सुन लेते हैं,

बातों में वजह होनी चाहिए,
फिर कभी कभी ही बातचीत हो,

निगाहों में हया होनी चाहिए,
फिर चाहे वह कितना ही अपनासा प्रतीत हो ,

रफ़्तार भले धीमी हो जाए सफर जारी रहना चाहिए,

मझधार में अगर कश्तियाँ उतारनी पड़े,
तो तूफ़ानों को आँख दिखाने की तैयारी होनी चाहिए।

कवी रोग

हे प्रभु कवियों को यह कौन सा रोग दिया है तूने,
सुख में विचलित और दुःख में संतुष्ट रहता हूँ मैं,

साइकोलोजिस्ट असमंजस में हैं मेरी मनोदशा देख कर,
उदासी जितनी ज़्यादा हो उतनी अच्छी कविता कहता हूँ मैं,

अचंभित हो जाता हूँ लोगों के दृष्टिकोण जान कर,
कोई वक़्त को तानाशाह समझता है कोई भला बुरा कहता है,

मुझे हर उस माहौल में कविता दिखती है,
कुछ हास्यरस में सराबोर और कोई करुणा से भरा रहता है,

व्यथा को देख कर प्रोत्साहित हो जाता हूँ मैं,
उदासी जितनी ज़्यादा हो उतनी अच्छी कविता सुनाता हूँ मैं,

शिकायत तो मुझे सुखद लम्हों से रहती हैं,

कविता की कमी खलती है जब ज़िन्दगी विलास में कटती है,

मुस्कराते चेहरे, फूल, उड़ते परिंदे, जलते दिए,
सब मुझसे रोज़ाना बातें करते हैं,
तन्हाई, फरेब, दर्द, बेवफाई, रुस्वाई,
बाकायदा महफ़िल जमा के अपनी बात रखते हैं,

मैं भी लुत्फ़ उठा तबियत से वाह वाह कर देता हूँ
और कभी इजाज़त ले अपने भी चंद कलाम पढ़ लेता हूँ,

विचित्र परिस्थिति होती है श्रीमान मेरी दुनिया के सामने,
खुशहाली में कविता के अभाव से ग्रसित हो जाता हूँ में,
और जब आँखों में नमी और दिल में व्यथा कराह उठती है,
तब चेहरे पे मुस्कराहट आती है और एक नयी कविता सुनाता हूँ मैं, ।

खिलौना

बचपन में जो प्यार तुझसे मिला ऐ खिलौने
काश उतनी मुहब्बत तुझसे हो जाती ऐ ज़िन्दगी,

जो सपने हम तेरे संग देखा करते थे ऐ खिलौने,
वह उड़ान संग तेरे हो पाती ऐ ज़िन्दगी,

जो खुशी दोस्तों संग तुझे बाँट के मिली ऐ खिलौने,
काश अपनों के साथ, तुझको बाँट मैं, पाता ऐ ज़िन्दगी,

जितनी परवाह से में तुझे सँभालता ऐ खिलौने,
काश तू भी वैसे ही सँभल जाती ऐ ज़िन्दगी,

कभी तू मेरे लिए किसी जागीर से कम न था ऐ खिलौने,
काश उतनी कद्र मैं तेरी कर पाता ऐ ज़िन्दगी,

तुझे तो मैं मन मुताबिक बदल भी सकता था ऐ खिलौने,
कभी काश तू भी कहीं मेरे हक में बदल जाती ऐ ज़िन्दगी,

वैसे यह भी सच है,
खिलौने नए पुराने हुए, कुछ रहे कुछ टूटे भी,
तू लेकिन साथ निभाती रही ज़िन्दगी,

तू जिस तरह मेरे भावनाओं संग जुड़ गया था ऐ खिलौने,
वैसे दुःख में दुःखी और खुशी में संग मुस्कराती रही ज़िन्दगी,

ख़ुशी

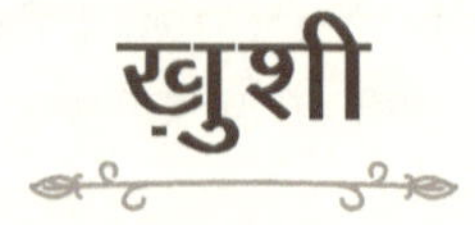

ख़्वाइशों के बोझ तले सपने बिखर गए,
जवानी के परिंदे उड़ते उड़ते गुज़र गए,

बदलते दौर की खुशियाँ कशमकश में है,
क्या है मेरी परिभाषा?

क्या में अनुभूति नहीं हूँ?
या महज़ हूँ एक अभिलाषा,

तृप्ति संतुष्टि और मुस्कान है मेरी सहेली,
तोल मोल की दुनिया में आज रह गयी हूँ अकेली,

मैं,
नवजात के आने का एहसास हूँ
बिटिया के गालों की लाली हूँ

पुजारी की दक्षिणा हूँ
भूके की थाली हूँ

रिमझिम बारिश में बैठा प्रेमी जोड़ा हूँ
मयख़ाने की प्याली हूँ

दुल्हन के सपनो की सहभागी हूँ
स्नातक की उपाधि हूँ
मैं बगीचे की खुशबु हूँ
मैं उड़ते पंछियों की आज़ादी हूँ

मैं सूखे की बारिश हूँ
पानी पूरी के स्टॉल की एक्स्ट्रा पूरी हूँ
मज़दूर की मज़दूरी हूँ

धन और बल से मेरा द्वेष नहीं,
मेरे आँगन में क्लेश नहीं,

मुझे पाने का राज़ प्यार है,
मुझे खरीदने या हथियाने का प्रयास बेकार है।।।

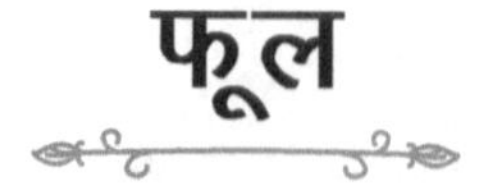

फूल

एक कली फूल की फिर मुस्कुरायी है,
वाटिका में आज एक नन्ही परी आयी है,

मैंने कहा गुड़िया कुछ पहर की ज़िन्दगी तेरी,
क्या है वजह इस खुशी में,
खिलना मुरझाना या फिर टूट जाना,
सब कुछ उसी में,

तू सिर्फ इस बगिया में रह जायेगी,
ना कभी पर्वत दिखेंगे, ना नदियां की धार,
परिंदों की तरह उड़ान नहीं है तेरी,
और ना रहेगा बाहरी दुनिया से कोई सरोकार,

वह बोली मेरी दुनिया सबसे अलग है,
मुझे ईश्वर ने किस्मत से नवाज़ा है,
मैं सूर्यदेव की बेटी हूँ
माँ वसुधा मेरी माता है,

आकर्षक रंगीन फ़िज़ा मेरे आसपास हैं,
प्रकृति के रंगों से बना मेरा कोमल लिबास हैं,

गुलाब चंपा चमेली मेरी सखियाँ है,
मेरी दुनिया में पेड़ पंछी फूल और सिर्फ़ खुशियां हैं,

हवाओं संग मेरी खुशबु खूब गुनगुनाती है,
बच्चे बूढ़ों के स्पर्श से मेरी ज़िन्दगी सफल हो जाती हैं,

इस खूबसूरत वातावरण में, चाहे कुछ ही पल, मेरा भी रंग बिखरेगा,
मृत्यु का भय नहीं मेरा देह तत्पश्चात भी यूँ ही महकेगा,

मैं प्रभु के श्री चरणों में अर्पित हो धन्य हो जाउंगी,
अगर टूट भी गयी तो माँ वसुधा की गोद में मीठी नींद सो जाऊँगी।

पानी

नदियों से बहता है, घरों में नल से आता है,
खेतों में लहलहाता है, समंदर में समाता है,

कभी सोचा है, यह क्या यह?
कौन लाया, कहाँ से आया, किसने बनाया,?

फ़र्श पे गिरे तो कहाँ नज़र आता है,
जिस रंग में मिले उस रंग में सँवर जाता है,

यह गरम है, ठंडा है, क्या है इसकी हरारत?
जिससे मिले, उससे घुलमिल जाता है,

इसका आकार क्या है, गोल है, त्रिकोण है, आयत है,?
जिस साँचे में ढालो, उसमे ढल जाता है,

नींबू के साथ खट्टा है, नमक में खारा,
शरबत के साथ मीठा हो जाता है,

मयखाने में मिले तो नशा है,
दवाखाने में दवा हो जाता है,

खुश है, पलकों में मुस्कराता है,
दुखी है, तो छलक के बिखर जाता है,

मिज़ाज क्या है इसके?
मुस्कराता है, प्यास बुझाता है
प्रकृति का पोषक है, परोपकारी है,

नाराज़ हो जाए तो, बाढ़ है,
ज़लज़ला है, अकाल है, विनाशकारी है,

शिव की जटा से निकले तो,
गंगा है, अमृत है,

विष से मिल जाए तो,
प्राणघाती है, विषधारी है,

अम्बर से बरसता है, वसुधा के कोख से निकलता है,
मृत्युलोक का जन्मा है, या स्वर्ग निवासी है,

मुझसे कहता है, मेरा कोई रंग रूप नहीं है,
मैं औरों के रंग रूप निखार देता हूँ
मुझे ईश्वर ने प्राण भले ना दिए हो,
मैं सृष्टि को जीवनदान देता हूँ

तुम मेरी तरह यूँ जियो ज़िन्दगी
घुल जाओ, खो जाओ,रम जाओ, समा जाओ,
चाहे जैसी हो परिस्थिति,

उपसंहार (Epilogue)

माधुर्य एक माध्यम है। यहाँ एक तरफ मैंने अपने विचार, अपने अनुभव जो अपने इर्द गिर्द के वातावरण में देखे और महसूस किये हैं, उन्हें व्यक्त किया है तो वहीं दूसरी तरफ आपको ऐसी भी कविताएँ पढ़ने मिलेंगी जो मेरे कवि हृदय की महज़ कल्पना का परिणाम है।

माधुर्य संकलन है कविताओं का जिसमें समाज, प्रकृति मानवी मूल्य और ऐसे कई विषयों पर प्रस्तुत की है। यह समकालीन है और हम इसे अपने रोज़मर्रा की ज़िन्दगी में देखते हैं।

www.ingramcontent.com/pod-product-compliance
Lightning Source LLC
Chambersburg PA
CBHW051443140726
47987CB00006B/2520

www.ingramcontent.com/pod-product-compliance
Lightning Source LLC
Chambersburg PA
CBHW051318130726
47987CB00004B/1850